Dirección editorial:
Departamento de Literarura Infantil y Juvenil

Cuarta edición: abril 2010

Traducción: P. Rozarena

Título original: "Karel in de herfst"
Publicado por primera vez en Bélgica por Clavis
© Editorial Clavis, Amsterdam-Hasselt, 2005
© De esta edición: Editorial Luis Vives, 2005
Carretera de Madrid, km. 315,700 50012 Zaragoza

ISBN: 978-84-263-5939-1

NACHO
EN OTOÑO

Liesbet Slegers

EDELVIVES

YO SOY NACHO.
ANTES DE SALIR
ME PONGO LAS BOTAS
Y EL IMPERMEABLE
PORQUE HACE FRÍO.
ES OTOÑO.

AL ÁRBOL DEL JARDÍN
SE LE HAN PUESTO
LAS HOJAS AMARILLAS,
ROJAS Y MARRONES,
Y MUCHAS SE CAEN.
¡CUÁNTOS COLORES!

AYUDO A MI PAPÁ
A RECOGER LAS HOJAS.
CON EL RASTRILLO
HACEMOS MONTONES.
¡ME ENCANTA
TRABAJAR CON ÉL!

VEO UN CARACOL.
LLEVA SU CASITA
A LA ESPALDA.
¡QUÉ DIVERTIDO!
—¡VAMOS, VE MÁS
DEPRISA! —LE DIGO.

MAMÁ TRAE UN PLATITO
CON LECHE.
—TOMA, NACHO,
PARA EL ERIZO —ME DICE.
AL ERIZO LE GUSTA
MUCHO LA LECHE.

LUEGO MERIENDO YO.
MAMÁ HA HECHO UN
BIZCOCHO CON NUECES.
TOMO UN TROZO
Y UN VASO DE LECHE.
¡QUÉ RICO ESTÁ TODO!

DESPUÉS VOY AL
PARQUE CON MAMÁ.
LLEVO MI CESTITO
Y MI PARAGUAS.
A LO MEJOR LLUEVE.

EL SUELO DEL PARQUE
TAMBIÉN ESTÁ
LLENO DE HOJAS.
¡CÓMO SUENAN
CUANDO LAS PISO!

LAS SETAS NO SE
PUEDEN COMER,
PERO LAS NUECES SÍ.
RECOJO UNAS CUANTAS
Y LAS PONGO
EN MI CESTITO.

—¡MIRA, UNA ARDILLA!
SE ESTÁ COMIENDO
UNA NUEZ.
MAMÁ ME DICE QUE
OTRAS LAS GUARDA
PARA EL INVIERNO.

AY, ME HA CAÍDO
UNA GOTA, PERO
TENGO MI PARAGUAS.
AL VOLVER A CASA,
PISO LOS CHARCOS
CON MIS BOTAS DE AGUA.

EN CASA ME PONGO
LAS ZAPATILLAS
Y HAGO CON CERAS
UN DIBUJO MUY BONITO
DEL PARQUE.
¡ME GUSTA EL OTOÑO!

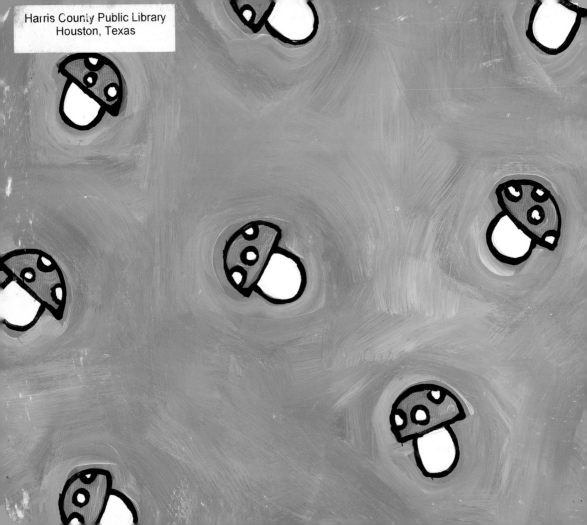